# EM CONFLITO
## COM A LEI

Lucas Verzola

# EM CONFLITO
## *(Submundos)* COM A LEI

REFORMATÓRIO

Copyright © 2016 Lucas Verzola
*Em conflito com a lei* © Editora Reformatório

Editores
Marcelo Nocelli
Rennan Martens

Revisão
Marcelo Nocelli
Natália Nocelli

Imagem de capa
Life in Chicago, John White, Chicago Sun-Times, 1982 – Creative Commons
Atrribution 2.0 Generic (CC BY 2.0)
https://www.flickr.com/photos/nostri-imago/5000120312/in/
album-72157623484633083/

Design e editoração eletrônica
Negrito Produção Editorial

Dados Internacionais de Catalogação na Publicação (CIP)
Bibliotecária Juliana Farias Motta (CRB 7-5880)

---

Verzola, Lucas
    Em conflito com a lei: submundos / Lucas Verzola. – São Paulo: Reformatório, 2016.
    136 p.; 14 x 21 cm.

    ISBN 978-85-66887-28-0

    1. Contos brasileiros. 2. Ficção brasileira. I. Título. II. Título: submundos.
V574e

                                      CDD B869.3

---

Índice para catálogo sistemático:
1. Contos brasileiros  2. Ficção brasileira

Todos os direitos desta edição reservados à:

EDITORA REFORMATÓRIO
www.reformatorio.com.br

*À Fernanda, que nunca
permitiu que eu fizesse algo
sem amor e sempre acreditou
nas minhas revoluções*

*"Sempre que se impõem mundos, se criam submundos."*
ERVING GOFFMAN

*"Em cumprimento da sentença, tudo foi reduzido a cinzas."*
MICHEL FOUCAULT

*"Art. 5º – Nenhuma criança ou adolescente será objeto*
*de qualquer forma de negligência, discriminação,*
*exploração, violência, crueldade e opressão, punido*
*na forma da lei qualquer atentado, por ação ou*
*omissão, aos seus direitos fundamentais."*
ESTATUTO DA CRIANÇA E DO ADOLESCENTE

# sumário

Uma apresentação necessária 11
Advertências 15

EM CONFLITO COM A LEI

1. aurora 19
2. por mamãe 21
3. dia ordinário na escola 23
4. babá 25
5. auto de exibição e apreensão 27
6. calor 29
7. pixo 31
8. liberdade é assim 33
9. loop 35
10. arrependimento 37
11. chiqueirinho 39
12. resumo encontrado no material de estudos de uma psicóloga da fundação casa 41
13. agente socioeducativo 43
14. histórico 45
15. peso 47
16. audiência de apresentação 49
17. amante 51
18. desenho encontrado num caderno 53
19. destino 55
20. ressocialização 57
21. espelho 59
22. coisas 61
23. encomenda 63
24. temos vagas (nenhuma para aprendiz) 65
25. abrigo 67

26. lascívia  69

27. versão  71

28. ótima oportunidade  73

29. união estável  75

30. cobertor curto  77

31. recorte  79

32. escalada  81

33. bilhete  83

34. barracão  85

35. amigo  87

36. festa  89

37. refeição  91

38. bilhete  93

39. surpresa  95

40. audiência em continuação  97

41. invídia  99

42. bala perdida  101

43. o menino sem  103

44. prestação de contas  105

45. fôlego  107

46. procedimento  111

47. perpétua  113

48. verso do prospecto encontrado no bolso do suspeito atingido na cabeça durante a troca de tiros com a polícia  115

49. reconhecimento pessoal  117

50. discrição  119

51. estante na casa do menino  121

52. sinceridade  123

53. com a língua nos dentes  125

54. dispositivo  127

# Uma apresentação necessária

A incubadora deste projeto não poderia ser outra que não o gabinete de apoio aos juízes assessores da vice-presidência do Tribunal de Justiça do Estado de São Paulo, meu posto de trabalho desde 25/03/2015.

O vice-presidente do TJSP é também presidente da Câmara Especial, órgão responsável pelo processamento e julgamento em segundo grau de todos os feitos que envolvem adolescentes em conflito com a lei.

Como servidor lotado nesse gabinete, mantenho contato diário com processos cuja matéria é a apuração de um ato infracional, que pode ser vulgarmente definido como a conduta que, caso fosse praticada por um adulto, seria considerada crime.

Da leitura dos autos, é possível depreender algumas considerações. Há, inegavelmente, um perfil quase homogêneo dos jovens que são "atendidos" pela justiça especializada: são invariavelmente pobres, moradores de regiões socialmente periféricas, com trajetória escolar conturbada, usuários de entorpecentes e, em regra, não contam com respaldo familiar ou comunitário. Cometeram, em sua maioria, atos infracionais equiparados a roubo ou tráfico de drogas, sendo a ocorrência do primeiro predominante na capital, região metropolitana e cidades grandes, e a do segundo, nas comarcas menores do interior. Menos comum, mas ainda sem configurar uma grande exceção, é a ocorrência de ato infracional assemelhado a furto; em menor número, aparecem os atos infracionais análogos a crimes do código de trânsito brasileiro, receptação, estupro, ameaça, desacato, resistência e homicídio.

A maioria não foi assistida, de forma satisfatória, por nenhuma entidade social, governamental, filantrópica etc. antes de ingressarem no meio infracional.

A partir desses apontamentos, surgiu o interesse em pesquisar e me aproximar do universo desses jovens de 12 a 17 anos.

De um lado, há tentativa de compreender, do ponto de vista criminológico, as circunstâncias que os levaram a praticar atos infracionais e a existência de filtros (na legislação, no meio policial, no ministério público, no judiciário etc.) que os selecionaram para o sistema socioeducativo. Tal estudo, indissociável da análise crítica da nossa legislação de amparo ao menor e de sua real aplicabilidade, não será feito aqui de forma direta, ainda que presente nas entrelinhas. O que nesta obra pretende-se realizar, por outra banda, é a criação literária tendo como mote este mundo cheio de peculiaridades, contradições e conflitos.

Também não se trata de uma tentativa de emular a voz de personagens que se encontram numa realidade que não se confunde com a minha, mas a busca por conferir tratamento artístico a dilemas universais, os quais reverberam de forma específica no mundo desses adolescentes.

Tê-los como protagonistas nas histórias que seguem não os resgatarão da situação em que se encontram, todavia tal tratamento pode ser encarado como o primeiro elo de uma corrente de eventos a qual pretendemos seja assim:

a) criar uma produção literária com a qual é possível a identificação; b) desenvolver o interesse por literatura;

c) estimular a formação de novos autores vindos dessa realidade tanto pela entrega do livro em si, como pelo oferecimento de oficinas de escrita, contrapartidas realizadas no decorrer do projeto e em momento posterior a ele; d) instrumentalizar a literatura como ferramenta de emancipação, melhora da autoestima e empoderamento.

O trabalho só terá cumprido seu objetivo quando a voz desses jovens for ouvida, quando forem eles os sujeitos ativos, não bastando que sejam apenas objeto de estudo.

LUCAS VERZOLA
*São Paulo, inverno de 2016*

# advertências

Ainda que verossímeis, todas as narrativas presentes nesta obra fazem parte do universo da ficção. Há, no entanto, interpretações livres de histórias reais que chegaram ao autor por um dos seguintes meios: acesso a autos processuais, leitura de textos produzidos por adolescentes em conflito com a lei ou conversa com adolescentes que passaram pela justiça da infância e juventude. Em todos os casos, os nomes dos personagens foram alterados para preservar o direito à privacidade e o segredo de justiça. Não há, de modo algum, a divulgação de informações sigilosas ou de qualquer elemento que permita a identificação de jovens que passaram pelo sistema socioeducativo.

\* \* \*

Dentre outras, foram consultadas as seguintes obras de literatura:

- *A queda para o alto*, de Anderson "Bigode" Herzer;
- *Sobrevivente André du Rap* (do Massacre do Carandiru), de André du Rap e Bruno Zeni;
- *Por que não dancei*, de Esmeralda do Carmo Ortiz;
- *O diário da rua*, de Esmeralda do Carmo Ortiz;
- *Cela forte*, de Luiz Alberto Mendes;
- *Memórias de um sobrevivente*, de Luiz Alberto Mendes;
- *Confissões de um homem livre*, de Luiz Alberto Mendes;

E mais de 20 obras do projeto "Primeiro Livro", coordenado por Luis Junqueira, produzidas por internos ou egressos da Fundação Casa, cujos título e nome serão mantidos em sigilo.

# EM CONFLITO
## COM A LEI

# 1. aurora

O vento gelado na cara. O sol nascendo lá no fundo. As ruas ainda vazias. Apenas alguns pontos luminosos nas casas. Uns deixam a luz acesa pra dormir melhor, outros já estão acordados e apontam a existência de vida. O último corre do turno. Amanhã é outro dia, mas, calma, irmão, vida de vapor é um por vez. Depois devolvo a moto, pego a grana, vou pra casa e descanso umas horas até a escola. Tem que ir. Tá nas condições da L. A. Chegar em casa antes das 22h, também. Se me pegarem essa hora na rua, não precisa de bucha nem de nada, eu rodo. E se for pra rodar, que seja, então, por algo que valha a pena. Então acelero mais. O Gustavo, na garupa, me aperta. Tá acabando, irmão, tá acabando. Tá acabando mesmo. Uma barca na esquina. Sem capacete, chamando atenção. Fodeu. Acelera, irmão. O vento gelado na cara. Os olhos cheios de lágrimas que secam com o vento. Acelera, irmão. Perseguição. Na frente do juiz eles dizem acompanhamento pra parecer mais suave. Tudo bem, vou dizer que sou só usuário também. Cada um defende o seu. Acelera, irmão. Acelero. As ruas ainda vazias. A cidade inteira é uma pista livre pra escapar dos porcos. Contramão. Pra moto é sussa. Pra Blazer não. O impacto da bala a gente nem sente. Acorda, irmão. Fodeu. Se for pra rodar, que seja por algo que valha a pena.

## 2. por mamãe

Mamãe, ontem, acordou às 10h. Desde que me tenho por gente, mamãe levanta antes do sol, passa o café forte e sai. Ontem, não. Ontem, cheguei de madrugada e, por isso, mamãe pôde dormir até mais tarde. Tudo porque eu trouxe o dinheiro que ela leva mais de mês pra ganhar catando latinha. Fizemos um playboy que confiou no GPS e se perdeu por aqui. O mané levava tanto dinheiro numa mala de couro que até o deixamos ir com celular e as rodas do carro. Só tiramos a bateria pra ele não chamar a polícia tão cedo. A grana foi dividida em três e ainda assim todo mundo ficou contente. Não precisou de violência, de arma, de nada. Anteontem tudo deu certo também, eu trouxe dinheiro, um pouco menos, é verdade, mas ainda assim mamãe pode acordar às 10h ontem. Hoje é outro dia. Suando frio quando vejo o alvo. Pode estar armado, pode até ser polícia. Mamãe pode ter que acordar de madrugada pra me tirar da delegacia. Mamãe pode ter que acordar de madrugada pra reconhecer meu corpo no IML. Mas, ontem, mamãe acordou às 10h e fazer com que ela possa acordar às 10h todos os dias é a mola que ativa o cão percussor da minha quadrada.

## 3. dia ordinário na escola

A mãe do Pedro é puta era o que de mais leve eu ouvia durante alguns meses dos meus 13 anos, aquela fase em que o gérmen da crueldade é despertado no âmago dos homens, que de seu sumo se embriagam por desconhecer os efeitos do seu uso imprudente, entretanto permanecia inerte diante da impossibilidade de combate justo e igualitário, quedando-me calado, cabisbaixo, minguado, miúdo, sentado na primeira carteira da fila, desejando derreter-me para fundir-me com a matéria ferro e madeira maciça e não mais ser açoitado, não mais pensar em respostas que chegavam a escapar da garganta mas sem passar da língua, não mais desejar que morressem depois de horas de tortura, ainda que os xingamentos crescessem, o tom aumentasse, a violência se tornasse latente, até que uma reação não só fosse esperada, como também a única solução adequada e à mão estivesse apenas o compasso, com sua ponta seca e afiada, parecendo ter nascido fadada a ser atraída pelo pescoço do André, o mais exaltado dos meus carrascos, que continuava gritando que a mãe do Pedro é puta e que depois gritou mais, só que de dor; e não é minha culpa: a ponta afiada parece mesmo ter nascido fadada ao seu pescoço, filho da puta é você, e o pescoço rubro, o compasso rubro, as minhas mãos rubras, a poça rubra, e todo mundo em volta boquiaberto vai pensar duas vezes antes de falar que a mãe do Pedro é puta.

# 4. babá

A questão é que eu devia uma nota pra Milena. Ela me emprestou a sapatilha e eu andei na chuva. Fodeu tudo e eu tive que pagar. Aí fui ser babá da filha dela lá no cortiço. O combinado era um mês só, mas acabei ficando pela grana. Não entendia como uma mulher pé-rapada tinha dinheiro pra ter babá, mas não era da minha conta. Depois eu fui compreendendo, só de observar a movimentação. Era um entra-e-sai violento, um bando de nóia atrás dela e do marido dela. Não é à toa que precisava de babá. Então eu quis participar. Eles relutaram, mas o negócio tinha crescido tanto que realmente uma ajuda ia bem. Eu guardava a droga no colchão, no meio da espuma, e ficava lá brincando com a Yasmin, a filhinha deles. Enquanto eles cuidavam do preparo, eu vendia sozinha: recebia os viciados no meu quarto e entregava a pedra. Só pedra. Era o mais barato, o que mais vendia. Até tentamos vender farinha por um tempo, só que não valia a pena pro público da lojinha. Até que um dia vieram os policiais e a casa caiu. Levaram ela e o marido em flagrante e eu acabei escapando. O que eu ia fazer? Continuei vendendo e guardando a grana. Pegava a minha parte e separava um pouco pra comprar comida pra Yasmin. E deu que eles começaram a demorar pra voltar. E os fornecedores começaram a pressionar de um lado, os usuários do outro... Virei eu mesma dona da boca. Não era eu quem vazia tudo mesmo? Jeniffer, a rainha da pedra. E tudo ia bem até que um dia eles ganharam a liberdade e quiseram voltar pro lugar que lhes era de direito. Pra que

que eu fui enfrentar? Tomei uma surra. Rasparam meu cabelo e me chutaram pra fora. Nisso eu já tinha ficado quase um ano fora de casa, minha mãe não me quis de volta, num tinha lugar pra ir e acabei por lá mesmo. Sem dinheiro, sem coberta. Jeniffer, a rainha da pedra virou Jeniffer, a fumadora de pedra.

# 5. auto de exibição e apreensão

AUTO DE EXIBIÇÃO E APREENSÃO

Aos 6 dias do mês de julho de dois mil e quinze, nesta cidade de ADAMANTINA, Estado de São Paulo, na sede da(o) 01º D.P. ADAMANTINA, onde presente se achava o(a) Exmo(a) Sr(a) Doutor(a) ████████████████████ Delegado(a) de Polícia respectivo(a), comigo Escrivão(ã) de seu cargo ao final nomeado(a) e assinado(a), na presença das TESTEMUNHAS ao final assinadas: ████████████ ███████████ POLICIA1 MILITAR e ████████████████████ ~ ESCRIVÃ DE POLÍCIA

Compareceu o(a) EXIBIDOR(A): ████████████████████ ~ POLICIAL MILITAR

que exibiu à Autoridade o(s) objeto(s) abaixo especificado(s) encontrado(s), no di 6 de julho de 2015, às 10:21 horas em poder dos adolescentes ████████████ ████████████ relacionado(s) com o delito de Ato infracional / A.I.-Furto (art. 155)(Consumado) sendo determinada pela Autoridade sua apreensão:

Objetos apreendidos:

```
    Objeto.....: Telecomunicação
    Subtipo....: Telefone celular
    Quantidade.: 1
    Unidade....: Unidade
    Marca......: SAMSUNG DUOS
    Observações: CHIP -VIVO

    UM CHIP DA OPERADORA VIVO
```

Nada mais havendo a tratar, determinou a Autoridade o encerramento do presente auto que, após lido e achado conforme, vai por todos devidamente assinado, inclusive por mim Escrivão(ã) de Polícia que parcialmente o digitei.

# 6. calor

Achamos a saveirinho no meio do mato. Não tinha nada na caçamba, mas chave no contato sim, senhor. Catamos pra ir nadar na caixa d'água. De a pé até que chega, mas demora. De roubo de carga não sei nada não. A saveirinho tava abandonada, já falei. Era perto da pista, mas já é mato fechado. Que rouba caminhão por lá eu sei, caminhonete é a primeira vez. Mas não fomos nós, não. Não tinha mais remédio. O senhor que disse de remédio. Caminhão chama muito atenção. Caminhonete é mais discreto ninguém tá esperando. Tem escolta, deve de ter, sim. Eu só queria ir nadar. Conhecer arma, eu até conheço, mas não usei não. A vítima não me reconheceu, né? Reconheceu? Mas eu tava de gorro. Tava calor. Gorro é estilo. A arma era do de maior. Só conhecia de vista. Não participei, não. Sei dirigir, sim. Caminhão, não, mas era caminhonete. Que eu encontrei no meio do mato, no caso. Ia nadar na caixa d'água. Tava quente aquele dia. Parece com hoje.

# 7. pixo

A Fundação é tudo, menos casa.[1]

---

1. Originalmente na letra de *Corpo e Alma*, do grupo de rap Inquérito.

## 8. liberdade é assim

Aqui a gente é conhecido. É conhecido pelos vizinhos e conhecido "nos meios policiais", que é o que fode tudo, na real. Se o gambé fala que te conhece dos meios policiais, cê sai da audiência direto pra FEBEM. Não adianta ser inocente. Tua palavra não vale nada do lado da de um cara fardado. Eu até entendo isso. Tem cara que tá limpo e cai, mas, se não fosse assim, os verdadeiros donos da bronca não iam ser presos nunca. É o trabalho deles, prender neguinho. E o nosso é fugir deles. Sempre foi assim, sempre será.

# 9. loop

"No dia dos fatos nós estávamos em patrulhamento de rotina quando avistamos dois indivíduos no local indicado na representação, que é conhecido ponto de tráfico nesta cidade. Assim que notaram a aproximação da viatura, os dois indivíduos correram. Nós conseguimos abordar os indivíduos. Com o menor nós encontramos uma pochete. A pochete estava na cintura do adolescente. No interior da pochete nós encontramos setenta porções individualizadas de maconha, treze tubos de lança-perfume, oitenta reais em dinheiro, anotações do tráfico e um telefone celular. O adolescente também tinha um rádio comunicador pendurado no pescoço. Com o maior, nós encontramos porções de crack, cocaína e a quantia de cento e vinte e cinco reais em dinheiro. Os entorpecentes e o dinheiro estavam em uma sacola que o maior carregava nas mãos. Ao ser questionado, o adolescente admitiu que estava praticando tráfico de entorpecentes. Com o maior nós também encontramos um aparelho celular. Não conhecia o adolescente antes dos fatos. Reconheço o adolescente."

# 10. arrependimento

Arrependido? não, senhor. O senhor fala como se fosse fácil, questão de escolha. Que tá o certo e o errado na frente e a gente vai lá e segue por um caminho. Não tô falando que não tem opção, é que a porta do certo tá muito mais estreita que a do errado. O senhor que tá falando de vislumbre. Eu falo de necessidade. O senhor não sabe o que é fome. Minha mãe sabe. E o único momento que eu quase me arrependo é quando vejo ela chorar nas visitas, quando consegue vir. Mas aí eu me toco que aqui, na Fundação, ela não precisa se preocupar comigo: dar de comer, lavar roupa, essas coisas. Se eu quero continuar aqui? Quero não, mas se é pro bem dela, eu fico mais, não tem problema. Já tomei tanto tapa que tanto faz.

# 11. chiqueirinho

As algemas apertavam os ossinhos do pulso, mas a dor se dissolvia pelo corpo todo a cada manobra brusca que o motorista da viatura fazia propositadamente de modo que eu cambaleasse pra lá e pra cá no chiqueirinho e batesse a cabeça costas todas articulações e os hematomas se formavam se expandiam mas foi queda de bicicleta e a algema é porque resisti sim a droga era minha sim eu corri sim o outro estava me esperando na saída da viela não me agrediu não eu caí de bicicleta ontem já falei eu joguei a sacola e ele pegou a munição eu achei ia devolver não deu tempo eu tentei escapar eu seguro o B.O. não porque sou de menor a droga era minha sim toda ela maconha cocaína crack não tinha crack? falaram que tinha então era só maconha e farinha tudo meu era pra uso sou viciado não vendia não consumia tudo era tudo meu não era ponto de tráfico era perto da boca mas era do lado de fora sim eu não era olheiro não fazia o vapor não era só pra uso.

*39*

## 12. resumo encontrado no material de estudos de uma psicóloga da fundação casa

As pessoas que se tornam pacientes de hospitais para doentes mentais variam muito quanto ao tipo de grau de doença que um psiquiatra lhes atribuiria, e quanto aos atributos que os leigos neles descreveriam. No entanto, uma vez iniciados nesse caminho, enfrentam algumas circunstâncias muito semelhantes e a elas respondem de maneira muito semelhantes. Como tais semelhanças não decorrem de doença mental, parecem ocorrer apesar dela. Por isso, é um tributo ao poder das forças sociais que o status uniforme de paciente mental possa assegurar, não apenas um destino comum a um conjunto de pessoas e, finalmente, por isso um caráter comum, mas que essa reelaboração social possa ser feita com relação ao que é talvez a mais irredutível diversidade de materiais humanos que pode ser reunida pela sociedade. (Goffman, Erving – MPeC, p. 113)

# 13. agente socioeducativo

Caralho, moleque, o que cê fez? Eu sei, eu sei. É claro que eu queria quebrar a cara desse filho da puta, mas agora a casa vai cair. E não é só eu, você, o Orelha, o Gordinho e o Alyson que vão rodar. Quem vai rodar é o diretor. Cê não aprendeu porra nenhuma, né? A gente sofre na mão dos agentes, mas tinha a administração e os técnicos do nosso lado. Tinha show, exposição, horário de visita maior, a gente saía de busão toda semana. Sabe que os filhos da puta da imprensa vão falar? Que é por causa dessas coisas que eles chamam de regalia que teve rebelião. Que o diretor não sabia conduzir com pulso firme. Vai sair no jornal, no Datena, no escambau. O porco é escroto com a molecada toda, folga, bate, mas a culpa nunca vai ser dele, cê não viu que é sempre assim? Pro governador tirar ele do comando e botar um linha-dura é dois palito. Aí esses casos que a gente conseguia denunciar de alguma forma vão ser esquecidos. Pior: vão ser estimulados, como sempre foram. Então, neguinho, em vez de pensar com a merda da ponta da faca, pensasse com a cabeça. Agora fodeu mesmo.

Histórico:
 Presente nesta unidade os Policiais Civis qualificados como condutor e testemunha noticiando-nos que procediam a diligências visando coibir o tráfico de drogas na região do bairro do Bonsucesso, quando avistaram dois indivíduos em atitude típica de quem encontra-se na venda de entorpecente. Após breve campana realizada no interior de viatura descaracterizada os policiais viram alguns supostos usuários falando algo para eles e entregavam dinheiro para o adolescente Gilson, enquanto que o indiciado Marcelo caminhava pouco metros até um cano na calçada, ao lado de uma igreja, pega algo e voltava e entregava àqueles indivíduos, os quais saiam rapidamente do local.

# 15. peso

Corre, Gordinho, e foi, deixando-me para trás como naquela piada em que um mateiro diz pro amigo, quando se deparam com uma onça, que não precisaria correr mais que o bicho, apenas ir mais rápido que o companheiro. Só que, nesse caso, a onça estava fardada. E eu, cheio de droga no bolso, parti em disparada todo desengonçado. Eles já pulavam muros, trepavam em telhados, embrenhavam-se em esconderijos, e eu ainda dobrando a esquina e lembrando de muito que ainda doía: de quando era o último a ser escolhido no futebol e parava sempre no gol, o único que não conseguia passar por baixo da roleta do busão pra andar de graça, aquele que perdia o fôlego mais fácil, usava roupa do maior tamanho e era insultado por tudo isso. Não vou mentir se falar que parte disso influenciou nas escolhas que acabei tomando. Nunca quis fazer mal a ninguém, mas nutri a falsa esperança de que, caso fosse bem relacionado – e ser bem relacionado por aqui equivalia, necessariamente, a se envolver com o tráfico –, ninguém mais mexeria comigo pelo meu peso. E, se é bem verdade que passei a ser muito mais respeitado pelos colegas da escola, também fui desde sempre o Gordinho para o pessoal da boca, que obviamente reproduziu as ofensas de uma maneira que me fez sentir saudade do assédio escolar. Se eu conhecesse o desespero de ser puxado pelo colarinho por mãos policiais antes, provavelmente ainda estaria em casa jogando vídeo-game e me empanturrando de salgadinho, preocupado apenas em sobreviver a mais um dia de escola.

# 16. audiência de apresentação

MAGISTRADO: Tá aqui por quê?

REPRESENTADO: Briga

MAGISTRADO: Tô lendo aqui que o senhor lesionou o funcionário Paulo Francisco. É verdade?

REPRESENTADO: É sim, senhor.

MAGISTRADO: E o senhor agrediu mesmo um funcionário da Fundação Casa?

REPRESENTADO: Agredi não, senhor.

MAGISTRADO: Ué, mas aqui tá falando que o senhor deu um soco no rosto dele e tem um laudo mostrando que o supercílio dele abriu.

REPRESENTADO: Foi sem querer.

MAGISTRADO: Mas o senhor não disse que foi briga?

REPRESENTADO: Não com o Paulo Francisco. Foi com outro moleque, o Jefferson. A gente foi pra cela forte porque ele tentou roubar meu pão e saímos na trocação. Ele fez de propósito porque tinham negado a L. A. pra ele e queria me prejudicar. Aí fomos parar, os dois, no castigo.

MAGISTRADO: E onde entra o Paulo Francisco?

REPRESENTADO: Ele era o guarda do castigo. O Jefferson começou a rir de mim e eu parti pra cima. O Paulo Francisco veio e tentou separar. Aí acabei acertando o olho dele.

MAGISTRADO: E foi sem querer?

REPRESENTADO: Sim, senhor.

MAGISTRADO: Tem certeza?

*49*

REPRESENTADO: Sim, senhor.

MAGISTRADO: Então tá bom, pode ir.

REPRESENTADO: Senhor, foi sem querer. Mas foi bom pra caralho.

# 17. amante

Despertei num salto e pressenti algo fora do lugar antes de suspeitar que esse algo era eu mesmo, que, em vez de confortável embaixo do edredom e descansando a cabeça no travesseiro de pena de ganso ao lado do meu namorado, me encontrava em pé rente à cama, com as mãos ensanguentadas; o susto me fez derrubar a faca, tão suja quanto meus dedos, e só com o tilintar metálico proporcionado pelo seu encontro com o solo que me dei conta do que havia acabado de acontecer; do que havia acabado de fazer, melhor dizendo, porque, se já estava tudo muito óbvio para mim, estaria escancarado para a polícia, que poderia chegar a qualquer minuto, talvez acionada pelos seus colegas de trabalho que não conseguiram contatá-lo por nenhum meio durante toda a manhã ou pelos bofes da academia que ficaram de sobreaviso quando ele alertou-lhes que havia me pegado pra criar, que não confiava plenamente no menino de dezesseis anos que conhecera no inferninho no largo do Arouche, apesar do tesão inegável que sentia, os acautelou sobre eu tomar tarja-preta, cogitar substituir meu tratamento químico por alternativas naturebas, e que havia passado a última metade da minha vida num sanatório, revelando os nossos segredos mais íntimos e me dando cada vez mais motivos para eu sentir o mais doentio dos ciúmes; e ele estava careca de saber que eu não conseguiria me controlar se o ciúme crescesse e seria capaz até de catar a faca do chão e golpear mais e mais o seu corpo já rígido e gelado mesmo se eu tivesse notado o giroflex das viaturas invadindo a janela da sala pela cortina lilás, mesmo se eu já estivesse ouvindo os passos dos coturnos no corredor, mesmo se eu pudesse me dar conta que foram os vizinhos que, assustados com os berros, ligaram pro um-nove-zero, mesmo se eu fosse capaz de compreender o chute na maçaneta, a ordem de largar a arma – porque obviamente eles não poderiam pressupor que minhas investidas fossem contra um cadáver – e o projétil viajando pelo ar, rompendo a caixa craniana e se alojando no lóbulo parietal.

# 18. desenho encontrado num caderno[1]

1. Autor: Douglas Araujo Lima.

# 19. destino

Doze anos de mundão. E vai fazer três que tô aqui, se contar todas as passagens. Perdi tempo pra caralho. Estudo, trabalho, tratamento pra droga: tudo ilusão. Nada disso serve pra mim. Eu sou é bandido. Tá na minha cara, tá tatuado no meu corpo. Vai dizer que você não atravessa a rua quando cruza comigo? Eu saio e me botam de novo aqui dentro. Se o B.O. não é meu, arranjam; não tem erro. Ninguém vai me pegar pra dar emprego. E aí faço o quê? Todo mundo precisa de dinheiro. Não é só comer, não, ou você só come? Não curte beber, fumar, foder uma putinha? Assim que abrirem o portão, começam mais três anos de esconde-esconde, até eu ficar de maior. Depois é pra cadeia, que é a mesma coisa. Já fugi, já me pegaram de volta. Eu sou casca. Tomei muito esporro, muita porrada que já acostumei. Não é a mesma coisa que aceitar. Aceitar a gente não aceita, mas acostumar, sim. A pancada ainda dói, mesmo não sabendo mais como é viver de outro jeito. Só sei que é melhor. Qualquer coisa, até dormir na rua, é melhor do que a Fundação. A Fundação é tudo, menos casa.

# 20. ressocialização

É bom voltar pra casa, não vou falar que não, mas não consigo curtir direito. Disseram lá no laudo que eu tô ressocializado, reabilitado, reeducado e pronto para ser reinserido na minha comunidade. Que eu me arrependi e agora consigo ver a dimensão dos meus atos. Parece piada, mas é o jeito. Como se seis meses na Fundação fossem servir de alguma coisa que não mais dor? Como ressocializar um cara que nunca foi socializado? Como reabilitar um cara que nunca teve habilidade alguma reconhecida? Como reeducar um cara que sempre teve na escola um ambiente hostil? Como reinserir na comunidade um cara que nunca foi aceito por ela? Não conseguem ver que justamente aí que entra o crime? A ideia da merda do roubo não surgiu do nada na minha cabeça, não foi um ato impensado do qual me arrependo puramente. Foi um evento de certa forma inevitável. Não que todo mundo acaba correndo pelo errado quando tá na mesma situação que a minha. Mas a própria ideia de certo e errado é relativa. O certo e o errado preto-no-branco é óbvio pra quem tem desde sempre as referências deles. Quem não tem só se fode. Se não se adéqua abaixando a cabeça, se adéqua na marra, na porrada. Voltando ao roubo, é fácil pra caralho tratar como um erro isolado que comporta um arrependimento qualquer. Difícil é compreendê-lo como sintoma de uma doença maior, que é causada justamente por quem fala que vai combatê-lo prendendo a molecada. Não é me vitimizar. Não sou santo, porra. Claro que eu fiz merda, só que eu não acredito nesse lance de recompensa, de se pagar pelo que fez. Porque, no final das contas, eu acabaria fazendo tudo de novo. E isso não significa que eu não tenho jeito, que eu sou caso perdido, senão que eu sou exatamente quem eles queriam que eu fosse: o vilão perfeito pra eles botarem na conta as atrocidades que eles mesmos causam. É mais fácil quando se tem o inimigo tangível. O preto favelado com o cano na mão é fácil de desenhar. É uma ameaça visível que se combate a tiro. E o filho da puta que faz propaganda de um tênis caro, que salário de trabalhador nenhum consegue comprar, e que mesmo assim te faz sentir um bosta sem ele? Ele não tem culpa de nada, tá fazendo o trabalho honesto dele, com ele a sociedade se identifica. Comigo, não. Eu sou marginal, nasci marginal, me criei marginal e vou morrer marginal, provavelmente na mão de um herói fardado que vai ganhar uma medalha. Pode tentar me reeducar, me reabilitar, me ressocializar, me reinserir e me re-a-porra-toda. É mais confortável, dá a impressão de que o trabalho está sendo bem feito. Mas, se os caminhos me levarem de novo até a mesma situação, eu puxo o gatilho que nem da outra vez. Sorte tua se não for contigo.

# 21. espelho

Ele ainda não havia aceitado totalmente a ideia. Esperou todo mundo sair de casa para experimentar de novo. Deixou todas as portas abertas e colocou pequenas armadilhas sonoras pelo caminho para o caso de algum retorno inesperado ou prematuro. Não sabia direito do quê tinha medo, mas também não quis pensar na reação que os outros teriam se chegassem em casa e se deparassem com ele vestindo o terno no meio do dia. No entanto era necessário. Em frente ao espelho, Jefferson tentava se acostumar com a indumentária. Enfim se formaria no colegial. Calça, colete, paletó e gravata foram emprestados do irmão mais velho e mais corpulento, por isso, mais largos. Só a camisa era dele mesmo, resquício da formatura da oitava série, por isso, mais curta. Era essa composição que o menino encarava e tentava aprovar. Logo seria um homem, mas ainda não, apesar da penugem do bigode que insistia em despontar.

A roupa de todos os colegas lhes caía melhor. Ele nunca se daria bem com as meninas daquele jeito. Pelo menos não tão bem quanto aqueles moleques com o cós da calça do tamanho certo para as ancas, com as mangas do paletó cobrindo corretamente as da camisa, com aquelas gravatas fininhas... e ele assim, tão desconfortável quanto naquela vez que foi com a camiseta do mickey na festinha no salão do prédio da Nanda. E matutou atrás de uma mísera solução, chegando, a contragosto, sempre no mesmo ponto. E se fizesse de novo? Sabia a receita direitinho: mantinha contato com os trutas, conhecia um lugar onde arrumava facinho um berro, e otário era o que não faltava. Chega de ideia fraca! Quer cair de novo, moleque? Retomou os estudos – vai até se formar! –, só cheira pó quando tem festa, e até ajuda os irmãos nos corres. Mas, e se dessa vez não o pegassem, se fosse mais esperto, mais ligeiro... não significa que voltaria praquela vida, era só na emergência, na precisão. Imagina que maravilha se fizesse a goma do salão de beleza da Rose, que sua mãe frequentava. Botava um gorro, chegava de mansinho, rendia as velhas, pegava um pouco de cada uma e ainda o caixa. Era só não se afobar igual da vez que dançou. Não ia ter tiro nem nada. Então pra que berro? Tem que se precaver... não iria atirar na clientela, só que podia chegar gambé e como seria? E a ideia amadurecia, porque parecia tão fácil se fosse tudo bem planejado. Era só entrar pelo portão lateral, sempre aberto, pular a janela, sacar o três-oitão e apavorar. Perdeu, caralho! Passa bolsa, corrente, celular, dinheiro, carteira, anel... Dá tudo, caralho, não dá tempo de ficar com documento, não. No entanto chegaram de fininho. Com a adrenalina, nem ouviu seus passos nem nada. Só faltava a porta abrir para surpreenderem-no. Depois de dois anos, foi pego em flagrante delito de novo. Que porra é essa, moleque? Que que cê tá fazendo? E o alívio escorre pelas veias de Jefferson. Não que fosse fácil esclarecer pro seu pai o porquê de estar parado feito bobo na frente do espelho, porém, sem a mínima dúvida, era muito melhor fazer isso do que explicar pra meganha o que fazia com ferro na mão, na cena do crime.

## 22. coisas

a) arma de fogo
b) simulacro de arma de fogo
c) arma branca
d) celular
e) rádio comunicador
f) balança de precisão
g) sacolé
h) eppendorf
i) cocaína
j) maconha
k) crack
l) lança-perfume
m) haxixe
n) pochete
o) bicicleta
p) espátula
q) binóculo
r) pipa
s) rojão
t) quantia em dinheiro em notas trocadas
u) anotações
v) chave mixa
w) motocicleta
y) apito
z) agenda de cobrança

## 23. encomenda

Eu dei a cena pra molecada. Falei pra eles cêis são louco de roubar, mas não impedi ninguém. Minha participação foi essa, só. A vítima morava sozinha, tinha dinheiro, bebida, roupa, perfume. Não fiquei com divisão nenhuma, só dei a letra. Eu sabia que era fácil, tinha ido lá, no dia do assalto. Fui pedir emprego pra ele. Ele tem vários empregos pra oferecer. Já arranjou pro meu irmão, prum primo de um dos moleques que roubaram. Fiquei dez minutos lá. Meia hora. Uma no máximo. Foi só pedir emprego, não sei o que outros meninos fazem lá. Tinha bebida sim. Coisa fina. Bebi um pouco. Não sei não se outros foram lá beber. Nas vezes em que fui lá foi só pra pedir emprego. Normal ir lá. Conhecido da família. Não sei por que eu falei pros moleques. Ele não fez nada de mal pra mim. Nem pro meu irmão. Nem pro primo do moleque, lá. Eles queriam só roubar. Blusa, camisa, tênis, perfume, bebida. Ninguém tem isso não. Eu dei a ideia, mas não queria ficar com nada não. Foi só na amizade. A gente anda de skate junto. Faz três meses. A amizade é forte já, sim. Meu irmão era amigo do primo de um dos moleques. Foi ele que falou pra gente que a vítima oferecia emprego. Bebida, também. Eu fui atrás disso, só. Roubaram porque queriam os bens de valor, né? Ninguém mandou o cara reagir. Deram nele com um taco de beisebol, prenderam com uma algema de pelúcia, umas roupas de couro que acharam lá. Foi bonito de ver. Dizem. Eu não vi nada. Eu não estava lá. Ninguém mandou ele reagir. Não é problema ser bicha. O problema é chamar a molecada lá

*63*

pra casa dele e abusar. Faz uma, duas, três vezes. Aí o povo comenta. Faz quatro, cinco, seis. E não é que a molecada quer também. A molecada tá precisando e ele se aproveita. Eu contei tudo isso, mas parece que eles já sabiam. Por isso não gostavam dele. A novidade que eu contei foi sobre a facilidade de entrar lá. Ele abria a porta pra qualquer um. Não desconfiou que ia abrir a porta pra gente daquela vez. Levamos as coisas pra não dar muito na cara que foi encomendado. Eu fui junto, também. Não tinha como não ir. Se fosse só roubo eu só dava a dica. O que eu mais queria era ver o velho tarado apanhar. E bati com gosto.

# 24. temos vagas (nenhuma para aprendiz)

## CLASSIFICADOS

Ajudante de obras – 05
Ajudante de eletricista – 10
Almoxarife – 01
Apontador de obras – 02
Assistente de segurança – 15
Atendente de balcão – 01
Atendente de enfermagem – 01
Atendente de farmácia – 04
Auditor de estoque – 03
Auxiliar administrativo
de escritório – 03
Auxiliar de cozinha – 10
Auxiliar de manutenção predial – 01
Auxiliar de mecânico em
manutenção – 02
Auxiliar de topógrafo – 05
Azulejista – 01
Calceteiro – 02
Caldeireiro – 03
Camareira de hotel – 01
Carpinteiro – 05

Conferente de mercadoria – 02
Contra mestre – 02
Cozinheira industrial – 02
Cozinheira de restaurante – 01
Eletricista – 20
Encarregado de obras – 02
Engenheiro civil – 02
Ferreiro armador – 05
Garçom – 04
Mecânico de manutenção – 04
Mecânico montador – 12
Mestre de obras – 01
Oficial de manutenção predial – 02
Oficial de serviços gerais – 30
Pedreiro – 35
Pintor industrial – 30
Promotor de vendas – 01
Servente de limpeza – 02
Servente de obras – 40
Técnico em refrigeração – 01
Torneiro mecânico – 01

## 25. abrigo

Eu mato você. Se eu voltar pra lá, eu mato você. Só você viu, você não precisa relatar nada. A menina se assustou; se abrir a boca, assusto de novo. Até ela ficar quieta. Cinco minutos no freezer não é nada perto do que eu sou capaz. Vai contar pra diretora, de novo? Sei que não, não precisa responder. Você vai dizer exatamente o que eu mandar: que meu comportamento é bom, que eu voltei a estudar, que trabalho eventualmente, que não uso mais drogas, que as crianças me adoram. Aí eu não dou trabalho pra você, nem você pra mim.

# 26. lascívia

Eu não ficava sozinho com ela. Os pais dela não deixavam. Mesmo a gente sendo primo. Até quando eles iam tomar aquele chá louco eles não deixavam a gente ficar sozinho. Mas aquele dia os pais dela foram vender aquelas coisas hippies e chamaram a Rosa pra ficar com ela. Mas a Rosa saiu pra comprar cigarro. Foi jogo rápido. Ela pediu pra eu botar um joguinho de computador e eu pus. Tinha acabado de sair do banho. De toalha. Sem cueca, ué? Não falei que tinha tomado banho? Não sei se ela viu. Ah. Não tinha como não ver, né? Sentiu sim... que que eu ia fazer? Tava duro. Ela ficava olhando. Eu mostrei. Falei pega! Ela ficou quieta. Se não quisesse tinha falado. Foi só pra mostrar. Falei pega! Então eu peguei a mão dela e coloquei. Foi só pra mostrar. Não fiz maldade nenhuma. Foi por trás. Por trás não tem problema. Ela ficou intacta onde importa. A honra da mulher tá no cabacinho. Pra homem é diferente. Se levar atrás é para sempre. Por isso não quero ir não, senhor. Se eu for por esse motivo, não vão ter dó de mim. Vão me punir de forma mais dura do que eu fiz. Dá uma chance, senhor. O senhor me entende. É homem também. Obrigado, senhor.

# 27. versão

*"hoje de moto no baile é progresso"*
(Igor Abrão – *Dupla realidade*)

Eu roubei a moto pra fazer o vapor. Quis me precaver. A molecada arruma emprestada, troca por pedra, mas nem sempre tem usuário querendo negociar. Pra essas horas de precisão era melhor ter a moto pra ir ao baile. Mané que chega a pé não pega ninguém. Baile funk, não tá ligado? Pancadão na rua. Tem que torcer pra ficar bom cedo porque toda noite alguém chama a polícia e eles chegam apavorando. Desmancha a festa e cada um corre pra onde for. Eu dancei ali. Tentei arrancar com a moto, a barca me fechou. Eu pensei Tô fodido. Vão sacar que sou de menor, vão pedir documento e já era. Então tentei fugir. Me derrubaram, me deram um cacete. Tomei esculacho na delegacia, esculacho na promotoria, mas, fazer o quê? Precisava da moto pra ver minha mãe, ué. Ela tá doente, estropiada, por isso que ela não veio. Tá lá no Mandaqui, Juqueri, sei lá. Só sei que é lá na Zona Norte. Não dá pra estudar. Fico na rua. Já parei com droga. Não uso mais. Só maconha. Mas só quando tem baile. Ela dá dinheiro. Ajudo ela. Faço uns bicos. Entrego pizza, não te falei que roubei a moto porque o motor da minha estourou e eu precisava de uma pra fazer meus corres?

# 28. ótima oportunidade

## VAGA PARA PANFLETEIRO
### *1 Vaga*

A empresa Valentim & Valentim
Incorporações está oferecendo oportunidade
única para jovens audaciosos.

*Rendimentos:* R$ 20/dia

*Benefícios:* VT (uma condução)

*Cidade:* São Paulo

*Descrição da vaga:* Prestar serviços diversos a
empresas e pessoas, entregando panfletos.

*Formação:* Ensino fundamental completo

*Contrato:* Temporário

## 29. união estável

Eu só queria esclarecer que conheço esse senhor desde que tenho oito anos de idade e me relaciono sexualmente com ele desde os doze. Nos encontramos quando ele me procura, sempre na sua casa. Ou você acreditou nessa história de que eu apareci do nada na casa dele, quando ele tirava um cochilo debaixo da árvore, e pedi um copo d'água? Eu sou garoto de programa, querida. Desculpa: doutora. Pergunta pra qualquer um na cidade, todo mundo me conhece, não tenho mais vergonha, não. Só que ele parece que tem. Me comeu, não pagou, eu fiquei com o celular dele e agora vem com esse papinho me acusando de furto? Eu deixei bem claro que devolveria o aparelho se ele me pagasse os vinte reais. Eu sei que ele tem. Ele mal saca a aposentadoria e me telefona. Tenho aqui no meu celular o registro das ligações dele, as mensagens, até foto do pênis ele me manda, quer ver?

## 30. cobertor curto

Faz frio aqui embaixo; tem um riacho logo ali, sujo, fétido, infestado, poluído, transbordado por dejetos de intestines-gotos, mas ainda assim é um riacho e cumpre sua função de esfriar as imediações. Estamos praticamente às suas margens, acocorados em volta de uma fogueira de entulhos improvisada, próximos como os membros de uma matilha que usam o corpo uns dos outros para se esquentarem. Nada disso, contudo, dá conta de afastar definitivamente o frio. O remédio é outro: pedra. A cachaça ajuda, porém é só um cobertor puído. Pedra é um aquecedor elétrico, uma sauna a vapor. E, por ser tão efetivo, é muito valioso. Aqui no grupo, chegamos a um equilíbrio em que fazemos o uso coletivo. Disciplina é algo que se compreende facilmente. Quase todo mundo aqui já esteve preso, sabe como as coisas funcionam lá dentro. Resolvemos que todos põem na roda tudo que têm. Ainda assim rola confusão. Ninguém quer desperdiçar uma cachimbada, mas também tem gente que não quer emendar uma pedra na outra. Como é que faz, então? Outro ponto: como saber exatamente quanto cada um traz consigo? Questões, questões, questões... tudo isso até que faz sentido no começo da noite, quando todo mundo palpita. Depois disso quem manda é a fissura, irracional, arrebatadora. Pouco a pouco, os companheiros vão perdendo o controle da língua, desaprendendo a falar, embrutecendo. A comunicação é na base do olhar, dos gruídos, dos cheiros. É um passa pra cá, que depois vira dá dá dá. Não são raros os confrontos físicos – esse supercílio aberto é resultado de um –, o que sempre gera uma instabilidade para todo mundo. Esperto é quem percebe e fica usando longe da confusão. Mais uma tragada. A puxada se espalha por todo o corpo. As extremidades parecem ser infinitas, os olhos se arregalam. Enfim garanto sobrevida por mais alguns minutos. Quanto mais acostumados, menos sentimos. Esse é outro cálculo que aprendemos a fazer, mas é logo desprezado em prol de uma fissura permanente. Vejo as luzes amarelas e vermelha se cruzando na grande avenida ao horizonte. É com essa imagem que, enfim, consigo descansar. Que alguém cuide das minhas costas.

# 31. recorte[1]

## Febem coloca menores em total incomunicabilidade no Tatuapé

**CARLOS ALBERTO LUPPI**

A Fundação Estadual do Bem-Estar do Menor (Febem), por sua diretoria técnica, resolveu colocar menores em cubículos fechados e em estado de total incomunicabilidade de vários dias. Isso acontece principalmente na Unidade de Triagem número 3, no Tatuapé, onde cabem apenas 170 menores, mas que abriga 254 garotos.

Anteontem, a presidente do Movimento em Defesa do Menor, Lia Junqueira, e o deputado Edardo Matarazzo Suplicy estiveram na UT-3 e surpreenderam vários menores colocados em cubículos fechados, alguns dos quais incomunicáveis e torturados. Situação igual ocorre na UT-2, também no Tatuapé, na Unidade Modelo e na Unidade Sampaio Viana, onde doenças como o sarampo, o crupe e a broncopneumonia atingem dezenas de menores. A situação é particularmente grave na Unidade Sampaio Viana, destinada a crianças até 6 anos de idade, onde se amontoam atualmente mais de 500 crianças.

### REGULAMENTO DESUMANO

Em várias unidades da Febem faltam medicamentos, assistência adequada aos menores. Na UT-2 e no Sampaio Viana, por exemplo, faltam até mesmo ataduras, gaze e esparadrapo. Em várias unidades, banheiros estão quebrados e fora de uso.

O deputado e a presidente do Movimento em Defesa do Menor ficaram impressionados com o regulamento disciplinar "desumano e arbitrário a que estão submetidos os menores da UT-3". O menor E.J-N. de 16 anos, por exemplo, está preso numa cela há mais de sete dias e é mantido em total incomunicabilidade. A direção da unidade não permite que qualquer menina ou mulher, mesmo que seja irmã do menor internado, faça visitas. Mesmo os pais dos menores internados só podem visitá-los no domingo, durante duas horas, tendo que fazer fila para vê-los no refeitório, restando com frequência apenas alguns minutos para a visita de fato, o contato com o menor. Isto inclusive contraria frontalmente os estatutos da própria Febem e toda a filosofia de trabalho da qual se originou a criação da própria entidade oficial para menores.

Na UT-3, um outro menor (G.Q.S.), de apenas 12 anos, encontrava-se com marcas de torturas. O menor foi transferido para a UT-3 após ter sido torturado no Distrito Policial do Itaim-Bibi, onde foi colocado no "cavalete" e sofreu choques elétricos.

Nesta mesma unidade, Lia Junqueira e o deputado Suplicy presenciaram a colocação de salitre na alimentação dos menores. "A comida não é limpa e nem preparada de forma adequada, além de receber substâncias colocadas em prejuízo dos menores", denunciou ela.

### ARBITRARIEDADES

A Febem agora está impedindo arbitrariamente que os menores falem uns com os outros, mesmo no refeitório. A arbitrariedade chega ao cúmulo de proibir os menores de se comunicarem mesmo através de sinais e até mesmo de darem risadas. Quem sorrir ou se comunicar através de sinais sofre punição física, espancamentos e torturas, além de "vassouradas" nas mãos até que estas inchem.

Dezenas de menores estão proibidos, em várias unidades da Febem, por ordem do diretor técnico Ernani Ferreira de se comunicarem até com seus pais. Há menores que estão há mais de três meses sem contato com a família. Há o caso de um menino na UT-3 que está internado sem ter cometido falta grave, apenas não se dava bem com sua mãe, que tem problemas mentais.

Um outro caso, o do menor J.F.F., também é grave: ele estava em regime de liberdade vigiada (assistida), determinada pelo Juizado, e acabou retornando à UT-3 porque sua assistente, dona Eunice, nunca esteve em sua casa e nunca lhe deu a menor orientação. Há na Febem 850 menores em regime de liberdade assistida ou vigiada. Mas isto na realidade não funciona na entidade, porque há apenas seis assistentes para acompanhar os 850 garotos.

A presidente do Movimento de Defesa do Menor disse ontem que "tudo isto mostra claramente a falta total de filosofia de trabalho honesto dentro da Febem. Imagine que agora há uma determinação impedindo que até o diretor de uma unidade possa interferir no caso de espancamento, tortura ou detenção de menor em cubículos fechados. Se um inspetor colocar o menor num cubículo, ele daí não poderá sair nem com ordem do diretor da casa; somente se a inspetoria da casa assim o desejar".

---

1. *Folha de S.Paulo* – Edição de 14.03.1980, p. 14.

## 32. escalada

Feio não é roubar: é não conseguir carregar. É o que dizem por aí. E foi nessa que rodei. Era moleque, imaturo. O Igor deu a ideia errada e pulamos o muro da casa do bacana. Tomamos cerveja, comemos bombom e zoamos o lugar. De maior valor, achamos que era a tevê. Tinha tanta coisa pra levar nos bolsos e os olhos só cresceram pro aparelho, que naquela época era daqueles de tubo. Como íamos pular o muro de volta, nem nos demos conta. Só sabíamos que era aquilo mesmo que levaríamos. E ficamos pensando pensando pensando no quintal da casa. Olhava pro muro, olhava pro Igor. Media de cima pra baixo de baixo pra cima. Achamos uma escada. Eu pulei pra fora, o Igor subiu na escada com a televisão. Abri as mãos pra receber o aparelho que ele jogaria lá de dentro... aí chegaram os homens. Corre, parça! Fodeu. Ele jogou a tevê e eu já na outra esquina. Não deu outra. Fui pego, ele também. E o pior é que na hora de irem atrás dele lá na casona, entraram tranquilos pelo portão, que nem trancado estava.

## 33. bilhete

Junior

Sua mãe teve que sair mais cedo
que tem greve hoje. O café ta coado
é só ligar o fogão.

Juízo por favor. Eu arrumei outro
emprego pra você não precisar mais
corre. Vai pra escola por favor.
Num vai sair pra rua com o
Jefinho não.

TE AMO!

# 34. barracão

Fim do mundo foi ouvir os policiais gritando perdeu perdeu e entrando brutamente no barracão, espalhando minhas coisas pelo chão feito vendaval, quebrando louça, revirando móveis, tirando as roupas todas das gavetas, como se já quisessem me punir antes mesmo de saber se eu devia algo. É claro que eu fazia coisa errada e tinha consciência disso, até porque quem não sabe que usar droga é proibido? Só que a questão não era nem de longe essa: não se tratava de compreensão, percepção ou conformismo com o cumprimento da lei pelos homens de farda, que estavam seguindo um roteiro, desempenhando seu papel, o problema era ter que acordar de um sonho aprazível que finalmente eu vivia, tocando a vida da forma que eu escolhia, com a liberdade conquistada a duras penas, sem dar satisfações para ninguém e até aliviando a nega velha, já que, no frigir dos ovos, agora eu era uma boca a menos para ser alimentada, morando no barraco que outrora fora de um tal de Gerson, camarada que eu devo ter visto uma ou duas vezes na vida toda, quando eu ainda era bem criança, e que depois ficou abandonado, usado eventualmente pela molecada, que via na ausência do dono uma certeza, para fumar unzinho, cheirar farinha e trepar com as mina, e que me respeitou quando resolvi ocupar e chamar de meu, tanto que não tardou pra que todo mundo da vizinhança passasse a se referir ao meu novo teto como o barraco do Wesley. E não se usa droga na casa dos outros, a não ser que o dono convide, e eu, o Wesley do barraco do Wesley, não queria saber de nego perturbando o meu sossego, principalmente depois da Bruna vir morar comigo, o que não quer dizer que ela e eu não gostávamos de uma erva da boa, só não queríamos estranhos por lá; e levamos tão a sério nosso entusiasmo por maconha que mantínhamos algumas mudas pelo terreno, nos especializamos no cultivo e na secagem, outras se ramificavam em bacias, com luz apropriada, como necessitam as hidropônicas. Gastávamos um tempão cuidando das danadas, tanto que eu estava tomando conta de um vasinho e pensando no mundão quando os policiais chegaram gritando perdeu perdeu, me obrigando a assumir B.O. de tráfico e a confessar que meu barraco era biqueira, se não apanhava mais e mais, apesar de dor física alguma ser maior que a ilusão de ver tua casa estraçalhada. E, daqui da Fundação, o que eu mais tenho curiosidade é de saber se a minha ausência já se fez tão grande quanto a do Gerson e se ainda chamam meu cantinho de barraco do Wesley, ou se não terei lugar algum pra retornar quando eu sair daqui.

# 35. amigo

Foi o Kennedy. Eu voltei pra casa e a Yasmin tava chorando só isso. Era madruga. Tinha não autorização pra sair. Pulei o muro. O vigia abriu. Na saída o vigia abriu, na volta eu pulei o muro porque ele tava dormindo. Sem autorização, mas eles preferiam abrir. Não tem motivo não. A chave da cozinha tava na minha responsa. A tia deixou. Comigo ficava a chave da cozinha, porque volto tarde e o Kennedy ficava com a chave da dispensa pra ele não precisar arrombar quando quisesse pegar leite. Não fui eu, foi ele. Eu tava na casa do meu irmão levando o celular dele que eu consertei. Não tinha droga, não. A droga foi no outro dia. Dia seguinte. Esse dia foi o dia em que eu não asfixiei a Yasmin. Foi o outro. O Kennedy. Eu consertei o celular com as ferramentas do tio Gil. O cachimbo eu comprei. Foi fácil achar. A Yasmin chorava muito. Eu ouvi. Mas eu tentei ressuscitar ela. Falei Pô, Kennedy, não faz isso não, irmão. Mas já era. Não sei não porque falaram que fui eu. Eu vi o Kennedy fazendo. Depois ele não tava mais lá não. Não sei porque a tia falou que não tinha Kennedy nenhum, que era coisa da minha cabeça. Tinha sim. Eu via ele lá. Era igualzinho a mim, só que às vezes era malvado. Mas ele cuidava de mim. Quando eu tinha fome, ele pegava leite pra nós. Quando a Yasmin chorava, ele ia tentar acalmar. Ela chorava mais e ele tentava acalmar mais ainda. Naquele dia ele segurou ela pra tentar acalmar e não deu não deu não deu até que deu e eu Pô, irmão, não precisava disso, vai sobrar pra mim. E agora eu realmente tô segurando o B. O. que é dele.

## 36. festa

Foi o Lucas, o Matheus e o Erik, que é meu irmão. Mas quem chamou todo mundo foi a Carol, que já tinha feito na rua. Ela falou que ia bater em mim e na Luísa, que também é minha irmã, mais nova. Que todo mundo queria, que ia ficar cada um com uma e dava certo. Então eu fui com o Lucas, o Erik foi com a Carol e o Matheus com a Luísa. Eu nunca tinha feito não. A Luísa falou que não fez, mas fez sim. Eu vi. Mas só dessa vez, que nem eu. A Carol já. Ela fazia na rua, sempre, em qualquer um dos meninos. Ela trouxe pó pro Lucas e pro Matheus. O Erik não quis cheirar não. Nem ele, nem minha irmã, nem eu. A Luísa disse que não queria cheirar pó nem fazer a chupeta. Mas ela foi porque cada uma tinha que ir com um menino. Aí o Erik disse que também não queria, mas a Carol disse que ele tinha que ir com ela porque nem eu nem minha irmã ia com ele. Ainda bem. Que nojo. Com o Lucas também foi nojento, mas irmão é pior. Deve ser. A tia não viu nada. Tava na sala, assistindo novela. A Carol trouxe pó pra ela também. Ela sempre fica quieta quando a Carol traz pó. Outro dia, no dia que ela foi com o Lucas e fez com ele também, eu achei tão ruim. Ela deve gostar, sei lá. É coisa de adulto, e a Carol acha que ela já é adulta.

*89*

## 37. refeição

Hora do jantar no abrigo. Mesa posta. Talher de plástico. Prato de plástico. Jarra de suco de vidro. Não sei por que Josias quis ser monitor de abrigo. Não tem o menor jeito, o menor cuidado. Um brutamonte de quase dois metros de músculos. Mas quis. Os meninos à mesa. Os meninos não quiseram, mas estão. O suco é quase água. A sopa é quase água. É o que tem hoje. É o que tem sempre. Dá mais suco, Josias. Dou não. Já acabei, Josias. Acabou não. Pau no seu cu, Josias. Repete, seu moleque sem família desgraçado. Pau no seu cu, Josias. Eu te arrebento. A mesa virada. A jarra de suco de vidro. A cabeça do menino. O corpo do menino. O sangue do menino. Legítima defesa.

## 38. bilhete

MÃE
HOJE É A SINHORA QUE VAI
FICA NA CAMA ATÉ MAIS TARDE.

EU TRAGO GRANA PRA CASA HOJE.

## 39. surpresa

Meu pai não tem nada a ver não. Falou que a droga era sua porque não queria ver filho algemado dentro da casa dele. Então foram lá e algemaram ele, mas não adiantou nada. Fui algemado junto. Minha mãe também. Bom pra parar de ser tonta. Deixei o dinheiro do recolhe no cofrinho e ela foi lá e botou no meio da bíblia. Eu fiquei todo tonto procurando a grana pra entregar e ela sabia direitinho onde tava. Foi só misturar dinheiro com deus que a polícia apareceu mais cedo.

# 40. audiência em continuação

MAGISTRADO: Senhor Valdenor Nogueira, policial militar, nascido em 08.05.1978, testemunha comum, sabe do dever de dizer a verdade perante o juízo, por isso já lhe advirto. Reconhece o representado?

TESTEMUNHA: Boa tarde, excelência, não tô lembrando direito, se o senhor quiser me refrescar a memória.

MAGISTRADO: É um tráfico, em 2014, bairro Ernesto Alemão, não se recorda?

TESTEMUNHA: Ah, mais ou menos, o menino tava traficando, não é? Estávamos em patrulhamento regular pela região dos fatos, conhecida nos meios policias como ponto de venda de entorpecentes, quando vimos o adolescente em atitude suspeita, chegando a esboçar uma fuga quando notou a aproximação da viatura...

MAGISTRADO: Consta na representação que o adolescente estava traficando dentro de uma escola, que a diretora chamou a polícia e...

TESTEMUNHA: Positivo, excelência, é que eu estou confundindo um pouco. No batalhão perderam a cópia do B.O., se eu puder ler os autos, posso ser mais útil.

MAGISTRADO: À vontade.

TESTEMUNHA: No dia 12 de novembro de 2014, fomos acionados via Copom com uma informação dando conta de que o meliante, Rodrigo, acho que é o nome dele, estava praticando o comércio de entorpecentes dentro de uma escola pública. No caso, oito gramas de maconha. O professor de educação física surpreendeu o meliante

*97*

passando a droga para um colega de classe no banheiro da quadra poliesportiva. A diretora foi informada e eu e meu companheiro fomos averiguar. Durante a abordagem, o adolescente admitiu a propriedade da droga e disse que só estava mostrando para o amigo.

MAGISTRADO: Você tem certeza?

TESTEMUNHA: Afirmativo.

MAGISTRADO: Acusação, defesa, reperguntas? Dou por encerrada a instrução.

## 41. invídia

Ó lá aquele filho da puta. Pau no cu. Fica rindo ainda. Ele tá fodido, acabou de sair o relatório e o juiz falou que ele vai continuar aqui. Comigo era diferente. Eu tinha chance de sair semana que vem, mas agora que eu tô aqui, já era. Juiz nenhum libera moleque que vai parar na cela forte no quando tá quase saindo. E o filho da puta continua rindo. Que que é, seu cuzão? É isso mesmo, cuzão de merda! Tá rindo de quê, seu arrombado? Te arrebento todo. Você acha que tenho medo? Deixa o cachorro olhar pro lado que eu te quebro.

## 42. bala perdida

O Marcinho tinha entupido o nariz de pó. Só assim pra ter as ideias erradas que teve. Atirar contra viatura, maluco? A gente nem tava no baile, tava só de boa na área. Nosso rolê nem é funk; é rap. A polícia não tinha nada que ter dispersado, mas é assim que acontece todo final de semana, ia mudar alguma coisa dar tiro? Porra, aí é lógico que ia dar ruim. Arrancou com o opala pela vila, vazou reto e já estava na avenida lá embaixo quando três barcas surgiram do nada e ficaram na cola. Era só rajada, até que uma acertou o Marcinho e já era. Os gambés cercaram, apontaram a máquina, Perdi, perdi, e não mudou nada, dispararam na minha perna, nem sei quantos furos fizeram. Não sentia mais nada, só rezava, vestido e armado com as armas de Jorge, mas me alcançaram, me pegaram, me viram, fizeram mal, alcançaram meu corpo.

## 43. o menino sem

O menino sem pai sem mãe sem tio sem tia sem irmão sem irmã. Só tem conselheira tutelar. As meninas sem pai sem mãe sem tio sem tia. Pelo menos uma tem a outra de irmã. As meninas no computador da sala mexendo na internet facebook globo yahoo. O menino olha e grita minha vez minha vez. As meninas falam gordo fedido sem mãe retardado. O menino pega a antena e cutuca as meninas. As meninas falam baixinho filho da puta preto vou contar pra tia que você passou a mão em mim. O menino é mentira é mentira. E bate com a antena. E elas choram. E ele chora. E a tia chega. Ele é tarado falou que ia colocar o pau na minha xoxota. É mentira é mentira eu só quero o computador não sou fedido não sou gordo. Menino, isso é coisa de polícia, isso é coisa de promotor, isso é coisa de juiz. O menino sem pai sem mãe sem tio sem tia sem irmão sem irmã com polícia com promotor com juiz. O menino sem

## 44. prestação de contas

Os caras não entendem: o tempo que eu tô gastando nesta fila vai me ferrar justamente naquilo que eles querem que eu faça. Por mim, era só deixar o papel com a declaração do meu patrão, mas eles querem fazer uma entrevista e o caralho. No começo, falaram que era só assinar que tava sussa. Depois começou essa palhaçada de declaração de matrícula, de trabalho, de serviço comunitário. O juiz novo exige. Exige? Ele vai falar pro patrão que é culpa dele eu vou chegar duas horas atrasado? Vai o caralho. Aí mês que vem eu venho sem serviço e o relatório é negativo. Tomei no cu. Fiquei sabendo que o Victor dançou por coisa parecida. Dez horas não pode tá na rua. E o colégio dele acaba às onze. Aí ele tem que escolher se repete por falta ou se corre o risco de ser pego. Correu o risco e a casa dele caiu. O melhor era repetir por falta, mas ele é panaca. Se for pra rodar porque tá na rua tarde, que seja na putaria. Aliás, esse é outro assunto proibido. Já me deram a letra. O Ramon falou que namorava, que dormia na casa da mina dele e o doutor olhou feio. Deve ser bicha. Já o Elias falou que ia pra igreja (mentira do cacete, a mãe dele vive implorando pra ele ir junto e o nego só foge) e recebeu uma avaliação positiva mesmo sem trabalho. Então é isso: vou falar que virei crente. Isso se resolverem me chamar, puta que pariu, quase três horas que estou aqui.

# 45. fôlego

Quando a porta se abria e um feixe de luz invadia o quarto, meu corpo gelava, meus pelos se arrepiavam, meu coração disparava, meus olhos se arregalavam e depois fechavam bem forte como se fosse pra reforçar a figa bem apertada que eu fazia em cada mão pra que não fosse eu o escolhido da noite nem nenhum dos amigos mais próximos, se bem que tinha noite que não só eu torcia para que não fosse eu nem os amigos mais próximos como também desejava que alguém fosse levado, geralmente um descontrolado que gritava pra dedéu ou um interno mais violento que ameaçava a nós, um grupo que, ainda que extremamente rotativo, costumava abrigar os loucos mais calmos do lugar, o que era um grande trunfo já que nos fazia passar despercebidos aos olhos dos enfermeiros – ou cães de guarda, como os chamávamos –, que sempre procuravam casos considerados extremos para levarem ao primeiro andar, onde as amarras eram mais apertadas, os sedativos eram mais fortes, os choques eram mais potentes, e de onde, diziam os cães, os meninos saíam direto para a casa dos pais, o que intrigava a todos nós, e intrigava tanto que o dezessete (tínhamos números, não nomes) forçou uma crise aguda pra ser levado pra lá e, quem sabe, voltar pra casa, o que nunca soubemos se de fato aconteceu porque nunca mais vimos o sujeito, todavia, se fosse pra apostar, diria que essa estória de casa dos pais não passava de conversa pra boi dormir, não só por ter aprendido a considerar mentira tudo que de bom eles falavam, mas porque o trinta e seis e o catorze nem família tinham e evaporaram logo depois que foram ao primeiro andar pelas mãos do enfermeiro Afrânio, um nojento de bigode ruivo parecido com o Eufrasino do Pernalonga, que cheirava a formol e tinha o jaleco sujo daquilo que tinha certeza ser sangue, e devia mesmo de ser, já que ferida aberta era extremamente comum, e mais comum ainda era que elas se infeccionassem, se espalhassem por uma grande área, soltassem pus e outros líquidos que deixavam o ambiente mais fedido ainda, servissem de incubadora de vermes, culminando quase sempre em graves problemas como cicatrizes na epiderme, deformação e amputação de membros e até na morte de alguns dos meninos, algo que, para o bem ou para o mal, aprendíamos a encarar com normalidade quanto mais tempo passávamos lá, mesmo que nunca soubéssemos ao certo quanto tempo estávamos internados, já que não havia contagem oficial e nossa tentativa de calcular os dias com rabiscos na parede, quatro linhas na vertical e uma na diagonal a cada cinco dias, foi frustrada quando levaram dois dos nossos para o primeiro andar para a incredulidade geral, porque é difícil pra chuchu acreditar que uma mera tentativa de medir a passagem do tempo fosse causa para medidas tão drásticas, que, aliás, foram se tornando cada vez mais corriqueiras a ponto de um simples feixe de luz transpassando por uma brecha entre a porta e o batente gerasse tanto medo, ainda que ele nunca tivesse se concretizado em perigo de fato pra mim, que sobrevivi enquanto sucumbiam os que estavam em minha volta, talvez por falta de força na figa ou, quem sabe, por terem se resignado no subconsciente, algo que eu nunca me permiti nem com a dor de centenas de volts entre dois eletrodos instalados nas têmporas nem com a dor dos golpes certeiros dos cães nos alvos mais fáceis dos corpos franzinos de pobres crianças nem com a dor da fala dura de quem me dizia ser minha loucura culpa da puta da minha mãezinha que sífilis não pegava se fosse moça direita nem com a dor de ver os amigos sendo levados pra não voltarem jamais, pra serem esquecidos, pra desexistirem, como poderia ter acontecido comigo ainda que eu resistisse, ainda que eu lutasse, ainda que eu fizesse a figa mais forte do mundo, e é por isso que escrevo: como forma de continuar resistindo e existindo, ainda que tão longe daquele lugar, para que não se esqueçam jamais.

(Este texto, o único não inédito da presente obra, é resultado de uma oficina de literatura e direitos humanos e baseou-se não na trajetória de um adolescente em conflito com a lei que passa pela justiça especializada, mas na de um adolescente vítima da política manicomial esquizofrênica da ditadura civil-militar brasileira, cujos reflexos são sentidos até hoje. Uma versão preliminar, publicada sob o título de Fôlego na revista *mallarmargens* (http://www.mallarmargens.com/2015/02/folego-lucas-verzola.html), foi apresentada junto ao projeto de livro que acabou contemplado pelo ProAC. Trata-se, portanto, do primeiro exercício literário que viria a dar o tom – estético e conteudista – desta obra como um todo.)

# 46. procedimento

Quando toca o sinal que indica o intervalo matinal, fecho o caderno, guardo as canetas no estojo – é proibido sair no pátio com material –, levanto, empurro a cadeira para perto da carteira, e saio da sala de forma calma e tranquila, seguindo a fila só de rapazes. Logo identifico meu grupo. Uniforme bem passado, calça e camiseta limpas. Nossa trajetória é parecida: família nas mesmas condições, bairros com os mesmos problemas, companhias com as mesmas influências. Responsabilidade sobre nossa vida delegada a terceiros, que não se furtam ao direito de controlar no que podem nosso corpo, nossa mente. Cumprimentamo-nos com toques que nos permitem identificar um dos nossos no primeiro contato. Não podemos fumar, não podemos correr, exceto dentro das quadras. Há funcionários nos vigiando por toda a área externa. Além deles, as câmeras instaladas em cada esquina estão prontas para denunciar à diretoria qualquer conduta inapropriada que esteja fora do alcance dos vigias. Vejo grades por todo lado. Separam-nos da ala das meninas, da ala dos meninos mais novos, da ala hospitalar. As quadras podem ser usadas para aqueles que praticam esportes, mas nosso grupo não se interessa muito por essa atividade. Gostamos é de música. Rap e funk, como todos os moleques daqui, mas de rock e MPB também. Só que aqui não se ouve muita música. Os alto-falantes servem apenas para os recados da administração, ou para tocar o hino nacional no início de cada jornada. E, toda vez, fico emocionado, sempre na introdução. Um funcionário achou que é porque sou patriota, então me obriga a hastear a bandeira toda segunda-feira. Os moleques não entendendo porra nenhuma do que diz a letra, repetem no máximo sobre as margens plácidas, o lábaro estrelado, o penhor da liberdade. Tem sempre um aluno novo ou um distraído que bate palma quando acaba de tocar e é punido por um funcionário a mando da diretoria. Depois, sala de aula. Engana-se quem pensa que o controle lá dentro é muito diferente do que recebemos lá fora. Não há espaço para contestar, discutir, tirar dúvidas. Aqui nossa voz não existe. Nossa voz só existe do lado de lá dos muros. "No mundão", como brinca o Anderson. É a forma como ele se referia ao mundo exterior quando estava internado na Fundação Casa. Segundo ele, esta escola particular aqui do bairro é mais parecida com a Fundação do que muita gente imagina.

# 47. perpétua

Quando vi a aproximação policial, tremi. Não devia nada dessa vez, mas isso significa alguma coisa? Os heróis sacaram a tremedeira e me abordaram. Tem passagem? Tenho sim, senhor, 33. Eu só estava dando um tapa, claro que tinha droga perto. Tinha usuário e traficante no local. Porém, se tem passagem – e principalmente se pegou L.A. – é você que segura o B.O. Uma vez bandido, sempre bandido. E bandido não pode é ficar na rua.

## 48. verso do prospecto encontrado no bolso do suspeito atingido na cabeça durante troca de tiros com a polícia

### SALMO 51

*"Tem misericórdia de mim, ó Deus, segundo a tua benignidade; apaga as minhas transgressões, segundo a multidão das tuas misericórdias"*

## 49. reconhecimento pessoal

Se eu soubesse o que iria acontecer, nunca que tinha ido empinar pipa. Foram só quinze minutos, só o tempo de fazer a danada subir bonita no céu, que eu já estava tomando tapa na orelha, Onde é que tá a bicicleta do meu filho? Onde é que tá, seu neguinho filho da puta? E eu não entendia porra nenhuma, porque quinze minutos antes eu tava terminando de ajudar minha mãe a tirar a louça da mesa e agora era só Eu sou papa mike, tá entendendo? Vou te moer inteiro. E eu tratava com o maior respeito porque, mesmo sem nunca dever nada, sei bem como polícia é, Tem passagem, malandro? E eu, Não, não, eu sou estudante, jogo bola no ECUS, e ele, É mentira, minha irmã viu você roubando a bicicleta do meu filho, e a velha mentirosa, Foi ele sim, Otávio, olha o cabelo de maloqueiro, e eu pensando Então o Neymar é maloqueiro, o Beckham é maloqueiro, o Fiuk é maloqueiro, mas só sabia Não, senhor, eu tava só empinando pipa, acabei de sair pra rua. Mas não teve conversa: fui arrastado pra delegacia mesmo depois que o filho dele chegou falando Não sei se foi esse, pai, e já não importava quem tinha sido porque eu já tinha sido xingado apanhado levado escarrada na cara e acho que ia ficar muito feio pro PM se ele não tivesse acusação nenhuma pra fazer.

## 50. discrição

Se você sobe muito alto, meu irmão, pode ter certeza que a queda é bruta. Não é filosofia de boteco não, esses papos de tudo tem sua hora o que é seu tá guardado e outras baboseiras, não. É que do alto você chama atenção. E não é só dos teus manos da quebrada não, os mike ficam espertos. De onde saiu a grana pra comprar a nave? Não foi trampando de pedreiro ou entregando folheto, tá ligado? Então eu sempre quis curtir o meu na encolha. Não tiro onda, não apavoro. O que ganhava era gasto em baseado e pra mimar a coroa, que dá um duro danado. Mas tem hora que você tem que extravasar, não tem jeito. Normalmente por conta de mulher. E pela Karina, aquele bundão, eu voei alto sim. Não sei se entorpecido pelo pó ou pela paixão, mas nem senti o tiro nas costas. E depois disso não senti mais nada do pescoço pra baixo. Se eu tivesse a oportunidade, faria de novo. Não vou mentir. De que adiantaria poder andar de novo se fosse pra ficar por baixo?

## 51. estante na casa do menino

- 1 televisor 26 polegadas, marca philco, usada;
- 1 porta-retratos 18 x 12, sem marca, contendo uma fotografia na qual se vê um casal, ambos negros, vestidos em trajes de banho, sob um guarda-sol levando nas mãos latinhas de cerveja.;
- 1 porta-retratos 12 x 8, sem marca, contendo uma fotografia na qual se vê um bebê recém-nascido vestindo uma roupa de lã da cor amarela;
- 2 isopores para latinhas de cerveja com o emblema da equipe são paulo futebol clube;
- 2 livros: a) na capa se lê: título – a bíblia de jerusalém; editora – paulus; nome do autor – não consta. b) na capa se lê: título – o vendedor de sonhos; editora – academia de inteligência; autor – augusto cury
- 2 maços de cigarro marca hollywood, sendo um lacrado e outro contendo 14 unidades;
- 1 isqueiro sem marca;
- 1 canivete sem marca;
- 3 cedês: a) raça negra – volume 2; b) hinos dos campeões do futebol brasileiro; c) michel teló – balada sertaneja

# 52. sinceridade

Você me desculpe, não estou acostumado a falar o que quero. A defensoria me instruiu a negar os fatos diante do juiz, mesmo que eu já tivesse contado da forma que exatamente aconteceu para o representante do Ministério Público – promotor de justiça, né? – e permanecido em silêncio na delegacia; sem contar toda aquela baboseira que eu falei para os psicólogos, médicos, seguranças, pedagogos e assistentes sociais da FEBEM – ok, como vocês engomados falam, Fundação Casa – para ver se aplicavam uma medida mais branda pra mim, o que obviamente não aconteceu; mas, já que você insiste, posso até me esforçar para te explicar o que aconteceu e o que penso disso tudo: roubei mesmo, daquela gorda que saía do shopping com o namorado coxinha; foi na mão grande, não tinha ferro. Roubei pra comprar pó, porque posso ser bandido, mas não vou usar dinheiro da minha véia pra usar droga. Cheguei por trás, puxei a bolsa e saí correndo; nem pensei nas consequências nem na possibilidade do guardinha me pegar; só olhei a bolsa, mirei o muro e achei que em cinco minutos de correria estaria na linha do trem pra pegar a farinha; só que dei o passo maior que a perna e dancei, foi só borrachada na nuca, nas pernas, na sola do pé e me levaram pro mato, me deram choque no pinto, me afogaram no saco, judiaram demais, ainda que eu merecesse; e me apresentaram pro delegado só depois que os vestígios sumiram e aí fizeram exame de corpo de delito, que evidentemente deu negativo, e eu me neguei a falar, apanhei mais um bocado, fui falar com o promotor, que viu meu olho roxo e não disse nada, confessei tudo e não adiantou nada. O juiz decretou a provisória, fui pra gaiola, recebi a visita da defensora, que não fez porra nenhuma, fui condenado e agora estou praticamente obrigado a fazer essas oficinas culturais que são um saco ou vai ser difícil progredir pra semi ou pra L.A. Não era isso que você queria ouvir? tá feliz? posso sair fora, agora?

## 53. com a língua nos dentes

Uma paranga, um isqueiro, um estojo. Passa pra cá, divide com a gente. E eu na minha. Ideia errada trazer pra escola. O filho da puta vai alastrar. Passo depois, lek. Mostra pra Vanessa. Vanessa é gostosa pra caralho. Vanessa, o Rogério trouxe um beck. Pô, Rogerinho, põe na roda. Vanessa é gostosa pra caralho. Não alastra, Vanessa. Deixa comigo, só vou mostrar pra Carol. Vamos acender atrás da quadra, lekada. Não alastra, caralho. Larga mão de ser chato, Rogério! Só uma puxadinha. Vai espalhar a fumaça. Pega nada. Carol é vacilona pra caralho. Essa é da boa, hein, Rogério. Peguei na boca do meu irmão. Teu irmão é trafica? É gerente! Aeee, Rogério. O irmão do Rogério é dono da boca. O irmão do Rogério é dono da boca. O irmão do Rogério é dono da boca. Não alastra, caralho. Que que foi, Rogério? Nada não. Teu irmão é dono de boca? O irmão do Rogério é dono da boca. O irmão do Rogério é dono da boca. Apaga isso, lek. Só mais uma puxadinha. Vai espalhar fumaça. O irmão do Rogério é dono da boca. Que porra é essa? O irmão do Rogério é dono da boca. O Rogério trouxe maconha, tia. O irmão do Rogério é dono da boca. A droga é do Rogério, tia. O irmão do Rogério é dono da boca. Agora você vai rodar, moleque, não falei que ia te tombar na primeira oportunidade que tivesse? Você, o filho da puta do seu irmão e a puta da sua mãe.

# 54. dispositivo

Do exposto, julgo procedente a representação para aplicar ao jovem a medida socioeducativa de internação por prazo indeterminado e reavaliação semestral com fulcro no disposto nos artigos 121 e 122 do Estatuto da Criança e do Adolescente.

P.R.I.C.

# Agradecimentos

Este não é um livro só meu.

As histórias que aqui estão são frutos de pesquisas, experimentos, estudo e trabalho, que só foram possíveis com o apoio de algumas pessoas.

Em primeiro lugar, agradeço a Ricardo Lísias, Noemi Jaffe, João Silvério Trevisan, Suzana Baccarat Franco Montoro e Marcelo Nocelli, membros da comissão julgadora que selecionou meu projeto para que fosse contemplado com a bolsa de apoio do Proac.

Dentre eles, Nocelli teve um papel ainda mais ativo, acompanhando de perto o desenrolar do processo criativo, oferecendo-me contatos e dando sugestões, o que inevitavelmente culminou nesta edição pela Reformatório, cujas portas foram abertas ao meu original.

Agradeço também à coordenação do CEU Jaçanã, representada por Sonia Santos Vieira, e à direção da ETEC Parque da Juventude – Extensão CEU Jaçanã, na pessoa do diretor Carlos, que permitiram que eu oferecesse oficinas literárias relacionadas ao projeto deste livro.

Não posso me esquecer de Luis Junqueira, grande educador, que me presenteou com obras produzidas por internos da Fundação Casa como resultado do projeto Primeiro Livro, o qual ele capitaneia com muita competência e amor.

Contei também com o apoio da Defensoria Pública do Estado de São Paulo, na pessoa de Cristina Nagai e Patrícia Shimabukuro, coordenadoras do núcleo da infância e juventude, que acreditaram no projeto, que deve continuar mesmo com a quitação das obrigações firmadas no contrato com a Secretaria de Cultura. E meu encontro com elas só foi possível graças à intervenção do amigo Wilherson Luiz.

Agradeço, também, a Wellington de Araújo, gerente de arte e cultura da Fundação Casa, que abriu as portas da instituição aos meus livros.

Finalmente, à Fernanda, meu porto seguro.

Esta obra foi composta em Kepler e impressa em papel pólen bold 90 g/m², pela Lis Gráfica para Editora Reformatório, em novembro de 2016, mês em que, conforme as estatísticas atuais, mais 300 jovens darão entrada na Fundação Casa do Estado de São Paulo.